ROBIN DES BOIS,

OU

LES TROIS BALLES.

OPÉRA-FÉERIE.

Nous croyons devoir avertir le public, pour prévenir toute fraude et toute erreur, que, quel que soit le titre donné à certaines traductions de FREISCHUTS DE WEBER, de la véritable partition de ROBIN DES BOIS OU LES TROIS BALLES, celle que l'on a entendu au théâtre royal de l'Odéon, la seule qui s'accorde avec le poëme, la seule qui puisse être exécutée sur les théâtres des départemens, porte le nom de CASTIL-BLAZE en tête de tous les morceaux et au bas de toutes les feuilles.

PARIS. — IMPRIMERIE DE FAIN, RUE RACINE, N°. 4, PLACE DE L'ODÉON.

ROBIN DES BOIS,

OU

LES TROIS BALLES,

OPERA-FÉERIE EN TROIS ACTES,

IMITÉ DU FREISCHUTZ.

Paroles de MM. Castil-Blaze et T. Sauvage,

Musique du Chevalier Carl-Maria de Weber,

MAITRE DE CHAPELLE DU ROI DE SAXE, ET DIRECTEUR DU THÉATRE DE DRESDE.

REPRÉSENTÉ POUR LA PREMIÈRE FOIS, A PARIS, SUR LE THÉATRE ROYAL DE L'ODÉON, LE MARDI 7 DÉCEMBRE 1824.

A PARIS,

CHEZ J.-N. BARBA, LIBRAIRE,

ÉDITEUR DES OEUVRES DE MM. PIGAULT-LEBRUN, PICARD ET ALEXANDRE DUVAL,

PALAIS-ROYAL, DERRIÈRE LE THÉATRE FRANÇAIS, No. 51, ET COUR DES FONTAINES, No. 7.

Et chez CASTIL-BLAZE, éditeur de musique, rue du Faubourg-Montmartre, N. 9.

1824.

PERSONNAGES.	ACTEURS.	EMPLOIS.
	MM.	
REYNOLD, forestier du lord Wentworth.	BERNARD. / AUG. MAIRE.	*Prem. basse-taille.*
TONY, Garde-chasse, neveu de Reynold, amant d'Anna.	CAMPENAUT. / LECOMTE.	*Premier tenor.*
RICHARD, Garde-chasse.	VALÈRE.	*Prem. basse chantante. — Martin.*
DICK, paysan, amant de Nancy.	LATAPPY.	*Jeune Trial.*
ROBIN DES BOIS, le Chasseur noir.	ÉDOUARD.	
	Mesdames.	
ANNA, fille de Reynold.	VALÈRE.	*Première chanteuse.*
NANCY, cousine d'Anna.	LETELLIER.	*Première Dugazon.*
GARDES-CHASSES. / DÉMONS. / PAYSANS. / JEUNES FILLES.	Chœurs.	

L'INTENDANT, personnage muet.
MUSICIENS, comparses.

La scène se passe en Angleterre, dans le domaine de Wentworth, dans l'Yorckshire; l'époque de l'action est la fin du règne de Charles Ier.

Nota. La deuxième décoration du second acte est, à quelques accessoires près, celle du deuxième acte du SOLITAIRE.

ROBIN DES BOIS,

OU

LES TROIS BALLES,

OPÉRA FÉERIE.

ACTE PREMIER.

Le théâtre représente une place de village. A droite une taverne devant laquelle est une table. Au fond une avenue, à l'entrée un mât surmonté d'une colombe.

SCÈNE PREMIÈRE.

PAYSANS, MUSICIENS.

(Au lever du rideau les paysans groupés sur les côtés du théâtre ont les yeux fixés sur le mât. Les musiciens montés sur un banc à droite, sont vis-à-vis de la taverne. Un coup de feu se fait entendre, la colombe tombe. Cris, applaudissemens.)

Bravo ! bien tiré !

CHOEUR.

Victoire ! victoire ! victoire !
Chantons, célébrons sa gloire,
Ah ! de son village
Il sera l'honneur.

Cet heureux présage
Fera son bonheur.
Honneur honneur,
Au bon tireur!

Victoire! victoire! victoire!

SCÈNE II.

ROBIN DES BOIS, TONY, RICHARD, DICK, CHASSEURS.
(Tous, la carabine sous le bras, sortent de l'avenue.)

TONY, frappant avec humeur sur la table.

Allons, criez plus fort, vous autres!

(ROBIN DES BOIS, enveloppé d'un grand manteau noir, traverse le théâtre, perce la foule des paysans qui l'entoure, et disparaît après avoir jeté une bourse que Dick attrape à la volée.)

SCÈNE III.

LES PRÉCÉDENS, excepté ROBIN.

TONY, le regardant sortir.

Il est plus heureux que moi! et son mariage, son existence ne dépendent pas de cette épreuve.

DICK, pesant la bourse et la montrant aux paysans.

Sa générosité égale la justesse de son coup d'œil, et cependant il n'a pas l'honneur d'être garde-chasse de milord Wentworth....

(Aux gardes.)

comme vous, messieurs.... Ma foi, moi qui me pique d'adresse, parce que je m'exerce de temps en temps en cachette sur les lièvres de milord, je n'aurais pas mieux fait.

TOUS, riant.

Ah! ah! ah! ah!

RICHARD.

La preuve, c'est que tu avais laissé la colombe bien tranquille là haut.... Mais, puisque là vainqueur t'a choisi pour son fondé de pouvoirs, il faut que tu te résignes à recevoir les honneurs d'usage.

DICK.

Ah! mon Dieu, je suis tout résigné..... Honorez-moi, je me laisserai faire.

(Deux jeunes filles attachent un grand plumet au chapeau de Dick; on lui met un bouquet orné de rubans au côté).

TONY, à lui-même.

Suis-je donc devenu aveugle?... ma main tremble-t-elle?

(Il va s'asseoir près de la table).

(Les paysans se mettent en rang, les musiciens en tête; ils défilent devant Dick qui se pavane ridiculement et se moque de Tony.)

RICHARD, prenant Dick par la main et le présentant à tout le monde.

COUPLETS.

Admirez tous son adresse;
Devant lui que l'on s'abaisse;
Des chasseurs il est le roi!
Du sort telle est la loi.
Ah! ah! ah! ah! ah!

CHOEUR.

Ah! ah! ah!
Du sort telle est la loi.

Accourez, gens du village;
Venez tous lui rendre hommage.
Des chasseurs il est le roi!
Du sort telle est la loi.
Ah! ah! ah! ah!

CHOEUR.

Ah! ah! ah! etc.

Plus de craintes, plus d'alarmes;
Fier chasseur, rends lui les armes.
Oui, tu dois subir sa loi;
Des chasseurs il est le roi!
Ah! ah! ah! etc.

CHOEUR.

Ah! ah! etc.

(Au dernier refrain, Dick vient plus près de Tony le narguer.)

TONY, hors de lui, saisit Dick au collet, et veut le frapper de son couteau de chasse.)

Malheureux! c'est la dernière fois que tu riras à mes dépens.

DICK.

Aye! aye! au secours!

(Tout le monde se jette sur Tony. Tumulte.)

SCÈNE IV.

LES PRÉCÉDENS, REYNOLD.

REYNOLD.

Eh bien! eh bien! que signifie tout ce tapage? Êtes-vous rassemblés pour vous quereller? Comment? vingt contre un!

DICK, se dégageant des mains de Tony.

Ce n'est rien, monsieur le forestier, ce n'est qu'une plaisanterie.... Nous riions, nous chantions, et Tony s'est fâché.... Il a de l'humeur.

RICHARD.

Ce n'est pas sans sujet! on ne perd pas l'espoir d'obtenir une bonne place et une jolie femme sans que cela chagrine.

REYNOLD.

Et comment perdrait-il cet espoir? le vainqueur, au

tir de demain, ne doit-il pas obtenir la survivance de ma place de forestier ?

DICK.

C'est vrai.

REYNOLD.

Milord, notre maître, ne m'a-t-il pas fait promettre de donner ma fille Anna en mariage à mon successeur ?

RICHARD.

Nous le savons, monsieur Reynold.

REYNOLD.

Et Tony n'est-il pas incontestablement le plus adroit tireur de tout le comté d'Yorck ?

RICHARD.

Jusqu'ici nous l'avions cru comme vous ; mais ce soir, dans un tir d'essai que nous avons fait pour nous exercer, non-seulement Tony a manqué le but, mais il a trouvé son maître.

REYNOLD.

Tony, Tony, mon élève, a manqué le but !... Serait-il vrai, mon garçon ?

TONY.

Je ne sais ce que j'avais.... Lorsque j'ai voulu tirer, un tremblement convulsif m'a saisi....

REYNOLD.

Et quel est le vainqueur ?

TONY.

Un inconnu.

RICHARD, à part.

Je le connais moi.

TONY.

Il a paru tout à coup parmi nous ; a rejeté un large

manteau noir qui l'enveloppait, et, soulevant dédaigneusement une lourde carabine, a fait tomber le but sans paraître l'avoir visé.... On admirait encore ce coup étonnant, qu'il était déja disparu.

DICK, montrant la bourse.

Non sans laisser des traces de son passage.

REYNOLD.

Allons, ce n'est qu'un tir d'essai ; il faut espérer que tout se passera différemment demain, et Tony prendra sa revanche... Lui qui ne manque jamais son coup !

TONY.

Oui, lorsqu'il s'agit d'abattre un chevreuil... mais puand mon bonheur est le but, adieu mon adresse !

REYNOLD.

Au fait, il faut avouer, mon pauvre garçon, que depuis quelque temps tu as un malheur incroyable..... rien ne te réussit.

TONY.

Parens, amis, fortune, j'ai tout perdu.... une seule espérance me restait....

REYNOLD.

Justement fondée sur ton adresse reconnue....

TONY.

Un tremblement... un vertige vient me la ravir.

RICHARD.

Tiens, camarade, je gagerais qu'on t'a jeté un sort.

REYNOLD.

Un sort ! sottise que cela.

RICHARD.

Sottise tant que vous voudrez, monsieur le forestier ; mais je lui conseille, moi, d'aller dans le carrefour de la forêt, aux ruines de Saint-Dunstan, et là, d'appeler trois fois Robin des Bois, le grand chasseur.

(Tout le monde recule avec effroi.)

DICK, effrayé.

Robin des Bois! le roi des braconniers! Dieu l'en préserve : c'est l'aide camp de Lucifer... Il n'arrive que du mal de toutes ces sorcelleries.

RICHARD.

Qu'en sais tu?

REYNOLD.

Silence, Richard! si je t'entends encore donner de pareils conseils, je te chasse.... Il court sur ton compte certains bruits.... Prends garde que mes soupçons ne s'éclaircissent.

DICK.

Ah ça, monsieur Reynold, d'où vient donc cet usage de mettre ainsi au concours la place de forestier?

REYNOLD.

Par saint George, tu ne pouvais mieux t'adresser pour savoir cette histoire, car c'est un de mes ancêtres qui en est le héros.... Écoutez :

(Il s'assied. On se groupe autour de lui.)

Mon aïeul, dont le portrait se trouve encore dans le pavillon des bois, s'appelait comme moi Reynold; il était garde-chasse de milord Wentworth, aïeul de notre maître; un jour que ce seigneur se livrait au noble plaisir de la chasse, ses chiens débusquèrent un cerf auquel était attaché un homme : c'était alors, mes amis, le supplice dont on punissait les braconniers. Milord, quoique chasseur, avait le cœur sensible; il se sentit touché de pitié, et promit à celui de ses gardes-chasse qui abattrait le cerf sans blesser l'homme, la place de forestier de ses domaines. Reynold, excité par l'humanité autant que par la récompense, se présente, arme son fusil, recommande sa balle à la providence ; le coup part, le cerf tombe, et le braconnier en est quitte pour la peur.

(Mouvement de joie.)

DICK.

Ah! Dieu soit loué! le pauvre braconnier...! il me faisait de la peine.

TONY.

Que n'ai-je l'adresse de ce Reynold!

REYNOLD.

Ah dame! mon neveu, c'était un coup de maître!

RICHARD.

Ou un coup de hasard.... Peut-être même....

REYNOLD, se levant et regardant Richard.

Il y avait dans ce temps-là, comme aujourd'hui, des envieux ; ils essayèrent de persuader à milord, qu'il y avait de la magie dans ce coup miraculeux, et que le fusil de mon aïeul était chargé d'une balle enchantée.

RICHARD, vivement.

Je le parierais moi!

DICK.

Ah! oui! les balles enhantées.... ce sont des piéges du malin.... Ma grand'mère m'a souvent parlé de ces balles-là.... Robin des Bois en donne trois ; il y en a deux qui portent, et la troisième lui appartient : il la fait aller, aller.... où il veut....

REYNOLD, continuant son récit.

Lord Wentworth ne crut pas à cette calomnie ; il donna la place de forestier à mon aïeul, et plus qu'à l'avenir elle appartînt au plus adroit chasseur. Depuis, elle s'est toujours maintenue au même titre dans notre famille, et aujourd'hui, que l'âge me force à y renoncer, j'espère que mon neveu Tony ne l'en laissera pas sortir. Voilà ce que vous désiriez savoir... ?

DICK.

Grand merci de votre complaisance. Ah ça, nous autres, nous allons employer cette fameuse bourse et boire à la santé du vainqueur d'aujourd'hui... Monsieur Tony, sans rancune, n'est-ce pas ?

TONY.

Tout est oublié.

DICK.

Je suis maintenant fâché de ce badinage. Il y avait un peu de pique de ma part... J'ai été amoureux d'Anna aussi, moi... Elle vous a préféré, et ça m'est revenu, là, tout à coup dans l'esprit; mais j'avais doublement tort, puisque votre cousine Nancy m'a vengé des refus d'Anna... Allons, Tony, la paix; je ne vous en veux plus du tout.

TONY, lui tendant la main.

Ni moi, Dick, je vous assure.

DICK.

Je vous souhaite demain tout le bonheur possible.

TONY.

Merci, mon ami.

DICK.

Jusque-là, vive la joie ! Prenez une jeune fille, et venez danser avec nous.

RICHARD.

Il a raison; tu es là comme un songe-creux ! Quel est

celui d'entre nous, s'il s'avisait de réfléchir, qui n'aurait pas quelque sujet de tristesse?... Mais, bah!... il y a remède à tout. Viens.

TONY.

Non, je ne puis.

DICK.

Comme il vous plaira... Mais, vous avez tort... La danse et le porter sont les deux meilleurs moyens de s'étourdir.

(Chaque paysan prend une jeune fille; les musiciens exécutent un air de danse, et tout le monde entre, en sautant, dans la taverne.)

SCÈNE V.

TONY, seul.

AIR.

Qu'ai-je donc fait de mon courage?
Mon cœur est abattu de tristesse et d'effroi!....
Quelque démon jaloux m'accable de sa rage,
Et tout conspire contre moi.

L'infortune et les alarmes
A jamais suivront mes pas,
Et d'inutiles armes
Ne doivent plus charger mon bras.

Objet de mépris et de haine,
Courbé sous le poids du malheur,
De l'hymen, de sa douce chaîne
Puis-je réclamer la faveur?

Le ciel, hélas! n'entend plus ma prière.
Moi, qui ne l'ai jamais bravé!
Languir en proscrit sur la terre
Est le sort qui m'est réservé.

Aux douceurs de l'espérance
Ma chère Anna livrait son cœur.
Sa tendre confiance
Voyait luire d'avance
L'aurore du bonheur :
Attentive, impatiente,
Anna songeait à notre amour,
Et le rêve qui l'enchante
Va finir à mon retour.

Eh quoi! j'irais, par ma douleur extrême,
Affliger celle que j'aime?
Non! sort injuste, sort barbare,
Épuise sur moi seul ta funeste rigueur.
Le désespoir de moi s'empare;
Je me dévoue à ta fureur.

SCÈNE VI.

TONY, RICHARD, il est arrivé avant la fin de la scène précédente, il s'avance tout à coup.

RICHARD.

Tu es encore là, Tony? Tant mieux, j'ai à te parler.

TONY, brusquement.

Que me veux-tu?

RICHARD.

Comme tu me reçois!... C'est pourtant ton intérêt qui me ramène.... Oui, les railleries de ces paysans sur ta maladresse me sont restées sur le cœur.... Par Saint-Dunstan, me suis-je dit, s'ils ont ri aux dépens de mon camarade, il faut que nous ayons notre tour.... et je suis venu t'offrir mes services et ma protection.

TONY, avec mépris.

La protection de M. Richard! Je te suis fort obligé, et me voilà bien tranquille.

RICHARD.

Je pourrais bien garder le prix pour moi.

TONY, étonné.

Comment ?

RICHARD.

Mais, cela n'en vaut pas la peine; et puis, je ne suis pas amoureux comme toi.

TONY.

Prétendrais-tu pouvoir maîtriser la fortune ?

RICHARD.

Oh! la fortune et moi, nous sommes bien ensemble; mais buvons d'abord, nous causerons après.

(Il frappe sur la table.)

Holà! du porter.

(Une servante apporte un pot de bière.)

Voilà ce qu'il faut à des chasseurs.

(Il verse dans le verre de Tony.)

Allons, camarade!

TONY.

Non.

RICHARD.

A ta santé! J'espère que tu me feras raison.

TONY, avec humeur.

Soit: à la tienne.

(Ils boivent.)

RICHARD.

Maintenant, la petite chanson pour achever de t'égayer, car tu es langoureux comme une romance.

CHANSON.

Sans soucis de l'avenir,
Mes amis, il faut jouir
Des biens de la vie.
L'amour, le jeu, le bon vin :
Voilà mon joyeux refrain,
Et ma philosophie.

Dis-moi, l'homme vertueux
Ici bas est-il heureux?
Ris de sa folie.
L'amour, le jeu, le bon vin :
Voilà mon joyeux refrain,
Et ma philosophie.

Laissons les sots et les fous
Du sort craindre le courroux ;
Moi, je le défie !
L'amour, le jeu, le bon vin:
Voilà mon joyeux refrain,
Et ma philosophie.

(Se levant.)

A Robin des Bois, le grand chasseur !

TONY, se levant aussi.

Misérable ! Anna avait bien raison de me dire de m'éloigner de toi.

(Il fait quelques pas.)

RICHARD.

Là ! là ! camarade, ne te fâche pas, c'est une plaisanterie... Tu me quittes déjà...? c'est pour voir Anna que tu te presses tant.... Pauvre fille !... tu n'as pas de bonnes nouvelles à lui porter.... Ton coup d'essai n'est pas de nature à lui donner beaucoup d'espoir pour demain.

TONY.

Demain !... déjà demain ! Malheureux que je suis !

RICHARD, lui prenant la main.

Je te l'ai dit, Tony... je veux te servir.... Je suis ton ami, écoute-moi, et prends confiance à mes paroles.

(Mystérieusement.)

Nous sommes seuls, je vais te révéler des mystères dont tu ne soupçonnes pas l'existence.... Il y a plus de choses possibles que le vulgaire ne pense, et la nature offre certains secrets.... innocens d'ailleurs, mais faits tout exprès pour les chasseurs.

TONY, avec impatience.

Connais-tu des moyens d'assurer mon bras ?

RICHARD.

Oui....

TONY.

De diriger mes coups ?

RICHARD.

Oui.

TONY.

Ah, s'il était possible! mais je n'ose te croire.

RICHARD.

Courage! tu commences à douter.... C'est toujours cela.... Prends ma carabine... Ne vois-tu rien là haut ? Tiens, n'est-ce pas un vautour ?... Tire.

TONY, prenant l'arme de Richard.

Te moques-tu de moi ? l'oiseau paraît comme un point dans le ciel.... il est hors de portée.

RICHARD.

Tire toujours, incrédule!

(Tony lève la carabine, le coup part; un énorme vautour traverse le théâtre, et va tomber dans un buisson.)

Diable! mon camarade; quelle adresse!

TONY.

Je n'y comprends rien.... mes yeux ne m'ont pas guidé, et ton arme est de portée ordinaire.

RICHARD.

Eh bien, mon brave! si les paysans avaient vu celui-là, ils ne se seraient pas moqués de toi... Tu peux aller voir Anna maintenant; voilà de quoi la rassurer:

(Il arrache une plume du vautour et la met au chapeau de Tony.)

Voilà le présage de ta victoire!

TONY.

Que fais-tu? que veut dire tout cela? qu'avais-tu mis dans ta carabine?

RICHARD, à voix basse.

Un chasseur intrépide comme toi a dû entendre parler de balles enchantées.

TONY.

Enfant, on me berçait de ces contes.

RICHARD.

Ce ne sont point des contes: on ne connaît que cela à l'armée.... Les balles qui vont chercher leur homme au milieu des plus épais bataillons, crois-tu qu'elles n'aient pas leur destination? Tu as entendu parler de la mort du grand Gustave, percé à Lutzen, malgré sa cuirasse de buffle: c'était une balle enchantée... Tout à l'heure enfin, toi-même....

TONY, regardant le vautour.

C'est incroyable.... au sein des nuages!

RICHARD.

Penses-tu que, pour faire un coup semblable, il suffise de savoir mettre en joue et lâcher une détente?

Mais aussi, avec ces balles, rien d'impossible.... Ils prendraient demain pour point de mire le clocher de l'abbaye d'Yorck, que tu serais sûr de l'atteindre.

TONY, avec hésitation.

Et.... tu n'en as plus?

RICHARD.

Non, c'était la dernière.... J'en ai eu juste autant qu'il m'en fallait.

TONY.

Autant qu'il t'en fallait?

RICHARD.

Oui.... car c'est précisément cette nuit que je puis m'en procurer d'autres.

TONY.

Cette nuit!

RICHARD, avec chaleur.

Tony, mon camarade, ton sort dépend de ce moment.... Cette nuit, la dernière de celles qui précéderont ton bonheur ou ton malheur.... La nature entière semble disposée à te servir.

TONY, après un moment de silence.

Procure-moi une de ces balles.

RICHARD.

Volontiers.... Trouve-toi, à minuit, dans le carrefour de la forêt, aux ruines de Saint-Dunstan.

TONY.

Aux ruines de Saint-Dunstan!... Non, cet endroit est dangereux.... On dit qu'il s'y passe des choses!... Je n'irai point.

RICHARD.

Ah! tu veux des balles enchantées, et tu trembles

comme un enfant ! Eh bien ! soit, camarade.... Adieu la place, adieu le mariage !

(Il fait quelques pas vers le fond et revient.)

Ce n'est pas à toi seul que ta timidité nuira.... Ta bien-aimée...

TONY.

Ah ! pourquoi me rappeler mon amour ?

RICHARD.

Si tu sais te résigner tranquillement à ton sort, crois-tu qu'elle puisse supporter le résultat de ton obstination, devenir la femme de quelque manant moins scrupuleux que toi ?

TONY.

Anna, l'épouse d'un autre !

RICHARD.

Il faut bien qu'elle épouse quelqu'un.... Quelqu'un aura le prix.... Mais elle n'y survivra pas.... Anna, la pauvre Anna, sera victime de ta faiblesse.

TONY.

Anna l'emporte.... Je n'hésite plus.... Mon ami, mon cher Richard, je m'abandonne à toi.

RICHARD.

A minuit, aux ruines de Saint-Dunstan.

TONY.

A minuit.

RICHARD.

Je t'attends.

TONY.

Perdre Anna ! Plutôt mourir.... Oui.... J'irai.

RICHARD.

On vient. Silence ! ou nous serions perdus.

SCÈNE VII.

LES PRÉCÉDENS, DICK, REYNOLD, PAYSANS, CHASSEURS, sortant de la taverne.

REYNOLD.

Enfans, voici la nuit, il faut nous séparer; mais songez à vous trouver demain au rendez-vous, au lever du soleil pour le tir et la chasse qui doit le précéder.

FINALE.

TONY.

Ah! pour mon cœur quel coup affreux!

REYNOLD.

Demain, j'espère,
Tu seras plus heureux.

TONY.

Destin contraire,
Tu me poursuis toujours!

RICHARD, bas à Tony.

A ton secours
Appelle ici l'adresse.

TONY.

Aimable objet de mon amour,
Je vais te perdre sans retour!

RICHARD, REYNOLD, DICK ET CHOEUR.

Mais pourquoi tant de faiblesse?
Ah! bannis cette tristesse.
Oui, tu peux obtenir l'objet de ton amour.

TONY.

Ma chère Anna! je te perds sans retour.

REYNOLD, RICHARD, DICK ET CHOEUR.

À l'espoir livre ton âme;
Bannis ce noir pressentiment,
Et de l'objet de ta flamme,
Ah! ne va pas accroître le tourment.

TONY.

Mes amis, ne me flattez pas.

TOUS.

Espérance!

TONY.

Hélas!
Une funeste puissance
Semble s'attacher à mes pas.

TOUS.

Ne t'alarme pas.

TONY.

Non, il n'est plus d'espérance.
De grâce, ne me flattez pas.

TOUS.

Sans raison ne t'alarme pas.

RICHARD.

Oui, tu dois tenter encor
La fortune.
Il faut bannir une crainte importune.

TONY.

Non, je ne puis tenter encor
La fortune.

REYNOLD.

Oui, tu dois tenter encor
La fortune.
Porte tes vœux au ciel arbitre de ton sort.

DICK.

Demain avec le jour dans la forêt prochaine.

CHASSEURS.

Dans les forêts, sur les monts, dans la plaine,
Amis, il faut suivre nos pas.
Pour nous la chasse a des appas.
Demain, demain, suivez nos pas.

PAYSANS.

Le cor retentit dans les bois.
Remplis d'une audace nouvelle,
Volez à de nouveaux exploits.
Oui, l'écho lui répond; sa voix vous appelle.
Tayaut! tayaut! A demain, dans les bois.

CHASSEURS.

Le cor retentit dans les bois.
Remplis d'une audace nouvelle,
Volons à de nouveaux exploits.
Oui, l'écho lui répond; sa voix nous appelle.
Tayaut! tayaut! A demain, dans les bois.

(Les chasseurs, ayant Reynold à leur tête, défilent au milieu des paysans. Tony et Richard restent sur le devant de la scène et se serrent la main.)

FIN DU PREMIER ACTE.

ACTE DEUXIÈME.

Le théâtre représente une salle du pavillon des bois. Des portraits, des ramures de cerf, des cors, des armes de chasse décorent cette chambre gothique. Au fond, une fenêtre fermée par un rideau. Des portes de chaque côté. A gauche, une table avec un miroir et une lampe.

SCÈNE PREMIÈRE.

ANNA, NANCY.

(Nancy, montée sur une chaise, attache à la muraille le portrait du vieux Reynold; Anna rajuste sa coiffure.)

DUO.

NANCY, parlant au portrait.

Au moins, tiens bien, je te l'ordonne.
(A Anna.)
Chère cousine, je soupçonne
Qu'un lutin vient nous visiter.

ANNA.

Laisse en paix cette image.

NANCY.

Mon cher aïeul, je dois vous respecter;
Mais, de grâce, soyez plus sage,
A votre place retournez.

ANNA.

De sa chute sais-tu la cause?

NANCY.

A votre place retournez;
Cette imprudence vous expose....
A vous casser le nez.

ANNA.

Mal à propos vous badinez.

NANCY.

Vous expose....
A vous casser le nez.

(Elle descend.)

ANNA.

Livre ton cœur à l'allégresse,
Ce jour promet d'heureux instans!
Mon âme en proie à la tristesse
Cède à l'horreur de ses pressentimens.

NANCY, gaîment.

Non, dans cette vie,
Il n'est point de beaux jours
Sans les amours,
Sans la folie;
Non, il n'est point de beaux jours.

ANNA.

Ah! reviens auprès de ton amie,
Cher objet de mon amour;
Et la sombre mélancolie,
Oui, la sombre mélancolie
S'éloignera de ce séjour.

ENSEMBLE.

NANCY.

Non, il n'est point de beaux jours,
Dans cette vie,
Sans la folie
Et les amours.

ANNA.

Reviens auprès de ton amie,
Cher objet de mon amour,
Et la sombre mélancolie
S'éloignera de ce séjour.

NANCY.

Voilà notre respectable aïeul remis en place pour une centaine d'années au moins.

(A Anna.)

Eh bien ! Anna, as-tu achevé de rétablir ta coiffure?

ANNA.

Oui, ma chère Nancy, c'est heureusement tout le mal que m'a fait ce vieux portrait en tombant.... N'as-tu pas vu dans nos anciennes ballades que la chute d'un portrait de famille annonçait quelque malheur ?

NANCY.

Oui, quand elle est imprévue, surnaturelle; mais ici, le vent qui ébranle ce pavillon, tes fréquentes visites à cette fenêtre que tu ne fais qu'ouvrir et fermer, depuis une heure, suffiraient bien, je crois, pour motiver l'accident qui vient d'arriver à ce gothique personnage, eût-il été cloué dix fois plus solidement.

ANNA.

Tony ne vient pas !

NANCY.

Sois donc tranquille; M. Reynold, ton père, ne fait que de rentrer.

ANNA.

Il a bien promis de se rendre ici après le tir : il faut traverser la forêt.... la nuit est si noire.... j'ai peur....

NANCY.

Je ne suis pas trop rassurée non plus.... Au fait, il est fort désagréable d'être ainsi renfermée dans le vieux pavillon d'un vieux château, au milieu d'un vieux bois, n'ayant pour toute société que nos défunts aïeux.... A parler franchement, je préférerais une compagnie plus jeune et plus animée.

ANNA.

Par exemple, celle de Dick, ton amoureux?

NANCY.

Vraiment oui, c'est si amusant de se voir faire la cour!

POLONAISE.

Un amant, d'un air timide,
Se présente devant vous,
Et le charme qui le guide
Le retient à vos genoux.
La sagesse, la prudence
Veut qu'on s'éloigne sans retard;
Mais pour faire connaissance
On échange un doux regard.
Si les yeux se font entendre,
Le cœur se laisse surprendre.
On pâlit, on rougit soudain...
Et le galant vous prend la main.
On soupire,
On désire;
Quel transport vient nous charmer!
Une voix semble nous dire:
Jeunes cœurs, il faut aimer.

ANNA.

Le tableau est tout-à-fait exact.... Pas la moindre circonstance oubliée.... Mais il a fallu une bien grande attention pour montrer ensuite autant de mémoire.

NANCY.

Ah! tu plaisantes! A la bonne heure donc! voilà comme je t'aime.... Comme l'on doit être la veille d'un mariage, et comme je serai certainement quand viendra mon tour avec Dick.... Mais il se fait tard, Tony n'est pas venu; je crois que nous ferions bien de nous retirer.

ANNA.

Non, je t'en prie, ma chère cousine, pas avant que Tony soit rentré... Si tu savais combien je suis inquiète!

NANCY.

Mon Dieu, que les amoureux sont insupportables!

(Elle sort.)

SCÈNE II.

ANNA, seule, elle va à la fenêtre et l'ouvre.

AIR.

Le calme se répand sur la nature entière;
Le bonheur va bientôt embellir ce séjour;
La lune porte au loin une vive lumière,
Le ciel même, le ciel sourit à notre amour.

Sous le voile du mystère,
En ces lieux mon amant va venir.
O des nuits paisible courrière,
Guide ses pas sans les trahir!
Il devrait être ici!.... Mais non.... il ne vient pas.
Mon cœur a tressailli comme au bruit de ses pas....
A mes vœux, céleste puissance,
Rends l'objet du plus tendre amour.
De son cœur tu connais l'innocence,
Veille, grand Dieu! veille sur son retour.

Tout est calme, tout sommeille,
Et pour l'amour Anna veille!
Le murmure des ruisseaux,
Zéphyr agitant le feuillage,
Viennent seuls de ces lieux troubler le doux repos.
Le rossignol fait trêve à son brillant ramage....
Le cerf s'éloigne épouvanté.
N'est-ce point une erreur?... Quel bruit viens-je d'entendre?
Moment heureux!... C'est lui!... Mon cœur est transporté!
Près d'Anna Tony va se rendre!...

O bonheur! je l'ai vu!
Mon cœur renaît à l'espérance.
Mon bien-aimé vers moi s'avance;
Les orages, la nuit ne l'ont pas retenu.

Ah! quel heureux présage!
Mon amant sera vainqueur;
Sur son front je vois le gage
Du triomphe et du bonheur.
Cher objet de ma tendresse,
Ton courage, ton adresse
Viennent rassurer mon cœur.

SCÈNE III.

ANNA, TONY.

ANNA, courant au devant de Tony.

Tony! mon cher Tony!

TONY.

Ma chère Anna!

ANNA.

Tu t'es bien fait attendre!

TONY.

Pardonne...

ANNA.

Le temps me semblait long; j'étais impatiente de connaître le résultat de l'épreuve.

TONY, agité.

Tu le sauras.

ANNA.

Et puis je craignais la tristesse à laquelle tu te livres depuis quelque temps.

TONY.

Comment la surmonter quand tout se réunit pour

m'accabler, quand je vois le bonheur de ma vie entière mis à la merci du hasard?

ANNA.

Tu es bien agité... L'épreuve aurait-elle été malheureuse pour toi ?

TONY.

Malheureuse... non, non....

ANNA.

Me voilà plus tranquille. J'avais besoin de cette assurance; de sinistres pressentimens me poursuivaient.... Quel est le prix? Si c'est un ruban, tu me le donneras.

TONY.

Le prix !.., je l'ignore encore.

ANNA.

Avec quel air sombre tu me dis cela ! Aurais-tu quelques chagrins ? apprends-les moi.

TONY.

Non, je te jure.

ANNA.

Le succès que tu as obtenu ce soir doit te rendre le courage.

TONY.

Du courage ! j'en aurai.

ANNA.

Quant à moi, ma gaieté te prouve que je ne doute pas de ton adresse.

TONY.

Hélas ! est-on jamais certain....?

ANNA, vivement.

Le sort peut te trahir, je le sais; si cela arrivait, je

t'en conjure, mon ami, promets-moi de te soumettre à la volonté céleste.

TONY.

Que peux-tu craindre ?...

ANNA.

Ton âme est vive, ardente, Tony ! N'écoute pas le désespoir : ses conseils sont funestes.

TONY.

Oui !

ANNA.

Que de fois il a enfanté le crime ! que d'infortunés il a rendus coupables !

TONY.

Mais où trouver, dis-moi, assez de force pour supporter l'anéantissement de toutes mes espérances, pour te voir passer dans les bras d'un autre ? Tu le sais, Anna, Milord le veut, et ton père y a consenti... Le vainqueur sera ton époux.

ANNA.

Mon père ne voudrait pas me rendre si malheureuse. Mes prières, mes larmes sauraient l'attendrir ; et s'il ne nous permettait pas de nous unir, du moins ne me forcerait-il pas sans doute à former un hymen que je détesterais. Il faudrait attendre et espérer un temps plus heureux... Tu es bien sûr du cœur d'Anna ; rends-la aussi certaine de ta résignation : et quelque soit son sort, elle s'y soumettra sans murmurer.

TONY.

Tant de douceur, tant de vertu me rappellent à moi-même... Je vois en frémissant l'abîme où m'entraînait Richard... je saurai l'éviter. Oui, ma chère Anna, attendre, espérer, c'est le mieux.

DUO.

TONY.

Non, plus d'alarmes;
Sèche tes larmes.
L'espoir le plus flatteur
Vient rassurer mon cœur.

ANNA.

Non, plus d'alarmes;
Séchons nos larmes.
L'espoir le plus flatteur
Vient rassurer mon cœur.

TONY.

Si j'aime à croire
A ma victoire,
C'est que la gloire
Pour prix a le bonheur.

ANNA.

Si j'aime à croire
A ta victoire,
C'est que la gloire
Pour prix a le bonheur.

ENSEMBLE.

Non, plus d'alarmes;
Séchons nos larmes.
L'espoir le plus flatteur
Vient rassurer mon cœur.

SCÈNE IV.

ANNA, TONY, NANCY.

NANCY, accourant tout effrayée.

Ah! mon Dieu! mon Dieu! quel malheur! Ma pauvre cousine, tu avais bien raison : la chute de ce vieux portrait ne nous présageait rien de bon.

TONY.

Saurait-elle déjà ?...

NANCY, apercevant Tony.

Ah ! vous voilà Tony ? Eh bien, mon garçon, vous n'avez donc pas été heureux ce soir ?

TONY, voulant la faire taire.

Nancy !

ANNA.

Que veut-elle dire ?

NANCY.

Quoi ! ne sais-tu pas qu'il n'a pas eu le prix ?

ANNA.

Ah ! Tony, tu m'as trompée !

TONY.

Je craignais de t'affliger... Ton père lui-même m'avait engagé à garder le silence... Je suis étonné qu'il ait dit à Nancy...

NANCY.

Mon oncle ne me l'a pas dit : mais je l'ai entendu.

ANNA.

Comment ?

NANCY.

En écoutant, comme je fais toujours. Avant de me retirer, je voulais dire bonsoir à mon oncle ; arrivée devant la porte de sa chambre, j'ai entendu parler.... alors je me suis arrêtée, et j'ai prêté l'oreille... pour savoir si l'on parlait d'affaires, ne voulant pas interrompre....

ANNA.

Eh bien ?

NANCY.

Il y avait un Monsieur qui disait à mon oncle : « C'est

moi qui ce soir ai atteint le but... je suis sûr d'être aussi heureux demain... j'ai des moyens certains... »

TONY.

O Ciel !

NANCY.

« Votre fille sera ma femme, et je suis assez puissant pour accomplir tous vos désirs. »

ANNA.

Et mon père qu'a-t-il répondu ?

NANCY.

Je l'ignore. Il s'est fait un moment de silence.... Alors, voulant savoir quel était celui qui prétendait ainsi vous enlever ma cousine, j'ai regardé par le trou de la serrure, et j'ai vu un grand homme d'une figure belle, si l'on veut.... mais d'un regard singulier et effrayant.... Il était enveloppé d'un grand manteau noir, et sur son chapeau flottait une longue plume de vautour.... et, tenez, comme vous en avez une maintenant.

TONY.

Moi !

NANCY

Enfin, craignant que l'on ne sortît de la chambre et qu'on ne me surprît à la porte, où l'on aurait bien pu m'accuser de curiosité, je suis venue toute tremblante raconter ce que j'avais vu et entendu.

TONY à Anna.

Tu le vois, tout espoir est perdu !

ANNA.

Pourquoi ? Cet essai a été malheureux ; mais il ne décide rien. Demain tu peux tout réparer ; que ne feras-tu pas en songeant que le bonheur de ta bien-aimée dépend de ton adresse?

TONY.

Le sort le veut.... Obéissons.... Oui.... Demain j'aurai le prix, sois-en certaine, quoi qu'il puisse m'en coûter.

(Il s'éloigne.)

ANNA le retenant.

Tony, pourquoi me quitter ainsi?... Où vas-tu?

TONY.

Au carrefour de la forêt, aux ruines de Saint-Dunstan.

TRIO.

ANNA.

Téméraire!
Quel dessein te conduit dans ce lieu redouté?

NANCY.

Tu devrais craindre la colère
Des noirs esprits dont il est infesté.

TONY.

Non, rien n'alarme mon courage.

ANNA.

Hélas! mes pleurs pourront-ils l'arrêter?

TONY.

Un aigle altier craint-il l'orage?
Ainsi que lui je prétends l'affronter.

ANNA.

Ah! reste encore,
Encore un seul instant,
Ma voix t'implore,
Un seul instant.

NANCY.

Ah! reste encore, etc.

TONY.

Non, je ne puis rester encore ;
Encore un seul instant,
Richard m'attend !
Déjà la lune nous éclaire,
De ses bienfaits, ah ! sachons profiter.

NANCY.

Déjà la lune nous éclaire ;
Mais pour cela faut-il donc nous quitter ?
Juste ciel ! que va-t-il faire ?
Ce départ et ce mystère,
Tout cela vient me tourmenter.

TONY.

Ah ! cachons-leur bien ce mystère.

ANNA.

Daigne écouter ma prière.

TONY.

Non, je ne puis, il faut partir.
Ah ! ne me retiens plus ; il faut, il faut partir.

ANNA.

Cher amant, tu veux donc partir ?
Quoi ! rien ne peut te retenir ?

NANCY.

Cher cousin, vous voulez partir ?
Quoi ! rien ne peut vous retenir ?

TONY.

Cachons-leur cet affreux mystère...
Non rien ne peut me retenir.

ANNA.

Cher amant !

NANCY.

Quel tourment !

3

TONY.

Quel moment!
Adieu! je dois partir.

ANNA.

Eh quoi! tu veux donc nous fuir?

NANCY.

Rien ne peut le retenir.

(Tony fait quelques pas et revient.)

TONY.

Redis, redis encore
Le serment si cher à mon cœur.

ANNA.

Je t'aime, je t'adore;
Toi seul feras mon bonheur.

NANCY.

Il quitte celle qu'il adore.
Ah! quel tourment! quelle rigueur!
En vain, hélas! sa voix l'implore.
Maudit chasseur! maudit chasseur!

TONY.

Redis, redis encore
Ces mots si chers à mon cœur:
Je t'aime, je t'adore;
Et toi seul feras mon bonheur.

ANNA.

Hélas, ma voix t'implore.
Tu vois le tourment de mon cœur.

TONY.

Hélas! sa voix m'implore.
Je vois le tourment de son cœur.

NANCY.

En vain sa voix l'implore.
Il voit le tourment de son cœur.

ANNA, NANCY.

Ah ! reste encore,
Encore un seul instant.
Songe à demain ; l'amour t'attend.

TONY.

Non, je ne puis rester un seul instant,
Un seul instant ;
Richard m'attend.

(Il s'arrache des bras d'Anna, et sort.)

(Le théâtre change.)

SCÈNE V.

(Le théâtre représente le Carrefour de la forêt. L'aspect de ce lieu est triste et sauvage : dans le fond, des rochers au milieu desquels roule un torrent que l'on traverse sur un tronc d'arbre. A gauche, les ruines d'un édifice gothique. Au deuxième plan, dans une ogive et sur un piédestal, une statue de grandeur naturelle : il fait clair de lune.)

RICHARD, ESPRITS DES TÉNÈBRES.

(Pendant le chœur, Richard fait une évocation ; un feu brûle à côté de lui ; les esprits, sous mille formes bizarres, forment différens groupes à quelques distance.)

CHOEUR DES ESPRITS.

Roi de nos bruyères,
Parais ! parais !
Entends ses prières,
Parais ! parais !
Quand sa voix t'appelle,
Parais ! parais !
Reste-lui fidèle,
Parais ! parais !
De l'un de tes sujets
Seconde les projets.
Parais ! parais ! parais !

(Les Esprits s'éloignent.)

SCÈNE VI.

RICHARD, seul.

Les esprits des ténèbres se sont joints à moi.... Tout est prêt, et Tony ne paraît pas!

(Il se promène.)

Osera-t-il venir? il était indécis.... J'ai trop compté peut-être sur son courage. S'il me manquait de parole... Robin tiendrait la sienne.... C'est aujourd'hui le terme fatal.... Il faut que Tony prenne ma place.... Lui ou moi, le grand chasseur l'a dit.... Quel engagement terrible! Trois ans de puissance, trois balles enchantées, une d'or, une d'argent, une de plomb.... Celle-là lui appartient, elle est funeste!... Toujours un malheur ou un crime...! Mon pauvre frère.... C'est elle.... Et pourtant je ne voulais pas.... J'attendais le receveur de Doncaster.... Savais-je qu'il l'accompagnerait...? Enfin, je recueillis son héritage.... L'argent de la recette fut à moi.... Mais ces richesses s'écoulèrent avec une rapidité.... Elles semblaient fuir mes mains homicides.... N'importe, j'en renouvellerai la source à quelque prix que ce soit.... Travailler, mener une vie misérable! plutôt.... Ah! voici Tony!

SCÈNE VII.

RICHARD, TONY.

TONY, sur les rochers.

AIR.

Ah! quel abîme épouvantable
Semble ouvrir sous mes pas les portes des enfers!
Une voix formidable
A grondé dans les airs!
La lune s'est voilée, et j'entends la tempête...

Laissez-moi, spectres menaçans...!
Ah! quels affreux gémissemens!
Fantôme horrible!... arrête!
Succomberai-je à ces tourmens?
Non, bravons le danger qui menace ma tête.

RICHARD.

Te voilà donc, enfin, camarade! Ce n'est pas bien de me laisser ainsi tout seul.

TONY.

Je ris de ce sinistre accueil.
Je ne recule pas, puisque le sort m'appelle.
(Il fait quelques pas.)
Ah!

RICHARD.

Avance donc, le temps s'écoule.

TONY.

Qu'ai-je vu!

RICHARD.

Je t'attends!

TONY.

Je chancelle....
C'est elle!
Richard, c'est l'ombre de ma mère,
Pâle comme dans son cercueil... !
Je dois fuir à l'instant; oui, telle est sa prière.

RICHARD.

Pures visions!

TONY.

Grand Dieu! sur ce rocher là-bas...
C'est Anna qui me tend les bras...
Ma bien-aimée en vain s'oppose à mon passage;
J'irai jusqu'au sombre rivage...
Rien ne peut arrêter mes pas.
(Il s'élance et descend vivement.)

(Fin de la musique.)

TONY.

Me voici, que veux-tu de moi ?

RICHARD, lui prenant la main.

Dans un moment d'oubli, dont je ne suis pas à me repentir aujourd'hui, j'ai souscrit un engagement.... Le créancier est pressé et très-pressant; mais il m'accorderait un délai si je trouvais une caution... Veux-tu m'en servir ?

TONY.

J'y consens.

RICHARD.

Ta signature suffira.

TONY.

Je signerai; et toi, tu tiendras ta promesse...?

RICHARD.

Sois aussi fidèle à la tienne.

TONY.

Tu es bien sûr de ta puissance?

RICHARD.

Celui qui ne craint rien n'est pas moins puissant que celui qui est craint de tous... Prends courage.

(Il trace un cercle lumineux avec son couteau de chasse.)

Entre dans ce cercle, c'est un mur d'airain contre les puissances invisibles.

(Avec mystère.)

Il viendra peut-être un inconnu se placer entre nous... Quel que soit son aspect, sois sans crainte... Cependant, ce n'est pas sans résistance que les esprits des ténèbres livrent leurs secrets aux mortels... Si tu me voyais trembler, viens à mon secours, sans quoi nous serions perdus.

(Tony va parler.)

Silence! les momens sont précieux.

(Il prend sa poire à poudre et la secoue trois fois sur le brasier, trois fois une flamme brillante s'élève; le tonnerre gronde, une tempête affreuse ébranle la forêt. Le torrent se gonfle, des flammes sortent des rochers, on entend un bruit de chasse, des démons descendent des montagnes et parcourent le théâtre.)

CHOEUR DES ESPRITS.

C'est la meute du grand chasseur
Qui porte en tous lieux la terreur!
Sa course rapide devance l'autan;
Elle parcourt les montagnes,
Ravage les campagnes,
Plus terrible que l'ouragan.

(Pendant le chœur l'orage redouble: RICHARD au comble de la terreur, crie:)

Robin, paraîs!

TONY, également épouvanté, veut fuir; à chaque pas une apparition effrayante s'oppose à son passage; éperdu, il va embrasser la statue et dit:

Robin, paraîs!

(La foudre tombe sur la statue, la brise: elle s'écroule avec fracas et, à sa place, paraît le CHASSEUR NOIR.)

SCÈNE VIII.

RICHARD, TONY, ROBIN DES BOIS.

ROBIN, d'une voix terrible.

Me voici!

(TONY s'éloigne et va tomber de l'autre côté du théâtre. Le GRAND CHASSEUR descend lentement les degrés; il s'avance jusqu'au milieu du théâtre; il étend la main dans laquelle sont trois balles.)

RICHARD, les prenant.

Je te rends grâce.

ROBIN.

Aujourd'hui, toi ou lui!

(Robin disparaît au milieu des flammes. Moment de silence. Richard va relever Tony.)

RICHARD.

Voici cette balle.... Viens signer.

(Il veut l'entraîner vers les ruines.)

TONY, revenant à lui.

Là!... Non, fuyons ce lieu de terreur.

(Dans le plus grand égarement il échappe à Richard qui le suit.)

CHOEUR DE DÉMONS.

L'heure s'avance,
Et Robin va frapper;
A sa vengeance
Tu ne peux échapper,
Non, tu ne peux échapper!

FIN DU DEUXIÈME ACTE.

ACTE TROISIÈME.

Le théâtre représente le rendez-vous de chasse à l'entrée de la forêt. A droite, au troisième plan, le pavillon des bois, habitation du forestier. Du même côté, mais sur le deuxième plan, un vieux tronc d'arbre avec un banc de gazon. A gauche une statue dans une niche et un banc de gazon. Au fond un chemin montant. Près du piédestal une table avec plume et encre dessus.

SCÈNE PREMIÈRE.

ANNA, seule.

(Au lever du rideau elle est agenouillée et prie devant la statue. Après la ritournelle de l'air suivant elle se lève.)

ROMANCE.

Long-temps voilé par les nuages
On voit enfin l'astre des cieux;
Après les vents et les orages
Un jour plus pur brille à nos yeux.
Ainsi mon cœur à l'espérance
Se livre encore avec douceur:
Et la céleste Providence
Vient mettre un terme à ma douleur.

Soumise à ta volonté sainte,
Grand Dieu, dispose de mes jours.
Sur l'avenir je suis sans crainte,
Sans murmurer j'obéirai toujours.
Mais non, mon cœur à l'espérance
Se livre encore avec douceur,
Et la céleste Providence
Vient mettre un terme à ma douleur.

SCÈNE II.

ANNA, NANCY, sortant de la maison.

NANCY.

Eh bien, ne te trouvé-je pas encore à pleurer!... Heureusement que, comme dit le proverbe, larmes de fiancée et pluie du matin ne sont pas de longue durée. Vois le ciel, il est sans nuages, et Dieu sait cependant quel temps il a fait cette nuit.

ANNA.

Et Tony qui était dans la forêt, à ce vilain endroit... Quelle inquiétude il m'a causée!

NANCY.

Je conviens que l'on fait des récits effrayans sur le carrefour de la forêt.... mais ce sont peut-être des bruits que les braconniers font courir pour éloigner les gardes-chasse, et si tu t'alarmes toujours ainsi lorsque Tony sera loin de toi, tu seras bien malheureuse; il faut qu'il fasse son devoir ce jeune homme.

ANNA.

Il était si troublé hier en me quittant!

NANCY.

Le chagrin d'avoir manqué le prix hier, de ce que mon bavardage te l'avait appris, quand il voulait te le cacher.... tout cela était bien suffisant pour le tourmenter.

ANNA.

Il allait rejoindre Richard.... Depuis quelque temps cet homme s'attache à ses pas.

NANCY.

C'est un garde-chasse comme lui; que peux-tu craindre?

ANNA.

Je suis bienveillante pour tout le monde ; mais je n'éprouve pas, je crois, moins d'horreur à voir cet homme que de plaisir à regarder Tony. Quand il vous parle, c'est toujours avec un sourire méchant ; on voit qu'il ne prend intérêt à rien ; il porte écrit sur son front qu'il n'aimera jamais personne.

NANCY.

Je vois que décidément M. Richard n'est pas dans tes bonnes grâces. Il est très-heureux pour toi qu'il n'ait pas l'adresse de ton amant, car il est sur les rangs aussi pour le concours.

ANNA.

Crois-tu que Milord persiste à vouloir que j'épouse celui qui aura le prix ?

NANCY.

Oh ! certainement.... Ton père ne s'était pas encore prononcé là-dessus ; mais l'intendant de milord est venu ce matin le trouver, et c'est ici même

(Montrant la table.)

qu'il a signé son consentement. Tiens, voilà d'ailleurs qui doit t'ôter toute incertitude ; ce sont les jeunes filles du village qui viennent te chercher, et t'apporter la couronne de fiancée.

ANNA.

O mon Dieu ! si ce n'était pas Tony !

SCÈNE III.

NANCY, ANNA, Jeunes Filles.

NANCY.

Bonjour, mes amies vous venez chercher Anna, pour saluer Milord...? nous voilà prêtes, il n'y a plus qu'à placer la couronne.., Comme sa cousine, je réclame cet honneur ;... c'est bien juste, n'est-ce pas?... Je suis de droit première demoiselle de la noce.

Elle prend, des mains d'une des jeunes filles, la couronne de fiancée et l'arrange sur la tête d'Anna.

COUPLETS.

De son hymen, en ce beau jour,
On prépare la fête.
Que pour lui prouver son amour,
Chacune ici répète :
De nos mains accepte cette fleur,
Qu'elle soit le gage du bonheur.

LES JEUNES FILLES.

De nos mains accepte cette fleur,
Qu'elle soit le gage du bonheur.

NANCY.

Le ciel bénit des nœuds si doux,
Formés par la tendresse,
Et chaque jour, heureux époux,
Doublera votre ivresse.

De nos mains, etc.

CHOEUR.

De nos mains, etc.

NANCY.

Entends ma voix, tu sais, Amour,
Pour qui mon cœur soupire.
Que mes compagnes à mon tour,
Bientôt viennent me dire :

De nos mains, etc.

CHOEUR.

De nos mains accepte cette fleur,
Qu'elle soit le gage du bonheur.

NANCY.

Maintenant nous pouvons partir.... tu peux te présenter devant milord.... Allons, Anna, du courage.... je voudrais être à ta place, être aussi certaine d'épouser mon amoureux.

(Anna et Nancy passent au milieu des jeunes filles, qui les suivent en reprenant le chant précédent.)

CHOEUR.

De nos mains accepte cette fleur,
Qu'elle soit le gage du bonheur.

SCÈNE IV.

RICHARD.

Il entre vivement par la gauche, dépose son chapeau, sa carabine et son pistolet sur la table, et s'assied sur le banc.

Je n'ai pu trouver Tony un instant seul pour exiger l'accomplissement de sa promesse.... Allons! une fois en ma vie j'aurai fait des heureux.... Des heureux!... Pauvre Tony! il ne sait pas quel prix je mets à son bonheur.

(Pause.)

Eh bien! ne vais-je pas le plaindre!... avoir des remords!... moi! A quoi serviraient-ils? Il est inutile de chercher à regagner un rivage que j'ai laissé si loin derrière moi; il n'y a plus à penser au retour.... un pas de plus ne doit pas m'arrêter.

(Il se lève.)

AIR.

O toi! qui demandes ce crime,
Grand chasseur, viens le protéger!
Robin, viens prendre ta victime!
A ses regards cache l'abîme
Où je vais la plonger!
Démons, je fuis votre vengeance,
Pour lui préparez vos serpens:
J'entends déjà leurs sifflemens.
Ah! pour moi, quelle jouissance!
Oui, Tony, j'en ai l'espérance,
De l'enfer me rachètera.
Je conserverai ma puissance,
Et l'univers m'obéira.

Mais si Tony allait refuser de signer.... Il m'a échappé cette nuit.... Je me suis trop pressé de lui donner cette balle.... La journée s'avance, et le moment fatal approche.... Faudrait-il subir cet affreux destin?... Quelles angoisses j'éprouve! Ah! j'aperçois Tony.... Dans quelle agitation!.... Se douterait-il déjà de ce que je vais lui demander...?

SCÈNE V.

RICHARD, TONY.

TONY, très-agité.

Ah! je te retrouve enfin...! je te cherchais.

RICHARD.

Je craignais que tu n'eusses oublié que je t'avais rendu service.

TONY.

Moi, te payer d'ingratitude!

RICHARD.

Pourquoi pas? cela se voit si souvent.... Que me voulais-tu?

TONY.

Tu as eu trois balles cette nuit ?

RICHARD.

Oui.

TONY.

Tu ne m'en as donné qu'une.

RICHARD.

N'était-ce pas convenu ainsi ?

TONY.

Les deux qui te restaient tu les as encore ?

RICHARD.

La balle d'argent est dans ma carabine, et j'ai chargé ce pistolet avec la troisième... celle de plomb.

(Il montre le pistolet sur la table.)

TONY.

Donne-moi ta carabine.

RICHARD.

Non pas, s'il vous plaît.

TONY.

Il me la faut.

RICHARD.

Ce ne sont pas là nos conditions.... J'ai tenu ma promesse, et même loyalement, puisque tu n'as encore rien fait pour moi,... tu serais injuste d'exiger....

TONY.

Il me la faut, te dis-je.... J'ai employé la balle que j'avais.

RICHARD exprimant un mouvement de joie.

Imprudent !

TONY.

Les jours de mon oncle étaient menacés, un sanglier qu'il avait blessé allait le déchirer, je l'ai délivré.... J'ai dû le faire.... Mon amour en souffrit-il, je ne m'en repentirais pas.

RICHARD, à part.

Il est encore en ma puissance.

TONY.

Mais j'ai compté sur ton amitié.... Tu ne m'abandonneras pas.... Mon sort est entre tes mains, tu peux assurer mon bonheur.

RICHARD, avec une mauvaise humeur feinte.

Diable...! ceci dérange mes projets....

TONY.

Je t'en supplie.

RICHARD.

J'avais besoin moi-même de cette balle.

TONY.

Ne sais-tu pas le moyen de t'en procurer d'autres?

RICHARD.

Sans doute; mais je ne pourrai en user de long-temps... Bah!... je ne veux pas désobliger un ami... Tu as mis ta confiance en moi, elle ne sera pas trompée.... J'en fais le sacrifice.

TONY.

Cher Richard!

RICHARD.

Signe le billet dont je t'ai parlé, et ma carabine est à toi.

TONY.

Donne vite... C'est trop peu pour reconnaître un tel bienfait.

RICHARD.

C'est assez, va...

(Il lui présente un parchemin rouge.)

Signe.

TONY.

C'est le gage de mon bonheur !

(Il regarde le parchemin, puis le lit et le rejette.)

Ah ! grand Dieu ! qu'ai-je vu ?

RICHARD.

Eh bien !

TONY.

Quelle horreur !

RICHARD.

Tu hésites ?

TONY.

Je te refuse. Demande ma vie ; mais n'exige pas...

RICHARD.

Je ne veux plus rien de toi... Je mérite cette leçon... J'avais agi avec trop de franchise et d'abandon... Heureusement ton imprudence t'a remis en mon pouvoir... Cette fois, je ne cède pas ma carabine sans la signature... On revient de la chasse... réfléchis et décide-toi promptement.

SCÈNE VI.

RICHARD, TONY, GARDES-CHASSE, PAYSANS.

(On porte le sanglier sur un brancard.)

CHOEUR DES GARDES.

COUPLETS.

Chasseur diligent,
Quelle ardeur te dévore?
Tu pars dès l'aurore,
Le cœur content.

L'effroi te dévance;
Ton coup est certain.
La douce éspérance
Te suit en chemin.
O peine cruelle!
Il faut quitter ta belle;
Mais le soir près d'elle
Te ramènera.
Tra la la la la la.

Poursuis le chamois
Sur les monts, dans la plaine.
Le cor te ramène
Au fond des bois.
Pour toi neige et glace
N'ont point de rigueur.
La ruse ou l'audace
Te rendent vainqueur.
Sensible à la gloire,
Fier de ta victoire,
A qui veut te croire
Tu la conteras.
Tra la la la la la.

SCÈNE VII.

LES PRÉCÉDENS, REYNOLD, ANNA, DICK, NANCY, L'INTENDANT.

(L'intendant porte des papiers; en arrivant, il va se placer à la table et écrit.)

REYNOLD.

Ah! le voici enfin, ce cher Tony!

TONY, allant au-devant de Reynold.

Mon cher oncle!

REYNOLD.

Pourquoi me quitter ainsi, mon libérateur, mon fils? Voudrais-tu te dérober à mes embrassemens, à ma reconnaissance? tu n'y réussiras pas; elle te suivra partout ; partout je proclamerai que je te dois la vie... Oui, mes amis, sans lui, sans son adresse incroyable, c'en était fait du vieux Reynold.

DICK.

J'en suis encore tout tremblant, moi.

ANNA.

Ah, mon ami! tu as sauvé mon père : que je voudrais pouvoir t'aimer davantage!

TONY.

C'est attacher trop d'importance à ce service. Tout autre en eût fait autant que moi.

REYNOLD.

Oui, mais tout autre n'eût pas aussi bien réussi, et je ne voudrais pas recommencer, quand même ce serait pour le vainqueur d'hier au soir... Enfin je ne crois pas le fameux coup de mon aïeul Reynold plus étonnant!

RICHARD, bas à Tony.

Tu le vois : elles sont infaillibles.

DICK.

Par exemple, je n'ai jamais vu de fusil porter aussi loin.

RICHARD, à part.

Je le crois bien!

TONY.

Il me fait frémir!

REYNOLD.

Ni moi non plus; mais tant mieux pour lui si son arme vaut mieux que les nôtres. Maintenant je n'hésite plus à me soumettre aux ordres de Milord. Hier je craignais encore de compromettre le bonheur de ma fille ; mais à présent j'accepte la dot que lui offre Milord, et m'engage à unir Anna au vainqueur, bien certain, monsieur l'intendant, que ce sera Tony : n'est-ce pas, mon garçon ?

RICHARD, bas à Tony.

Voici le moment de te prononcer.

DICK.

Pardine ! celui qui a tué le sanglier à cinq cents pas, abattra bien la colombe au bout du mât !

RICHARD, à Tony.

Oui, avec les mêmes moyens.

DICK.

Je gagerais qu'il a fait exprès de manquer hier.... c'était pour nous faire venir l'eau à la bouche.

(L'intendant se lève et remet un papier à Reynold.)

REYNOLD.

Enfans, voici la liste des candidats : nous allons faire l'appel, et chacun tirera de suite... Les gardes-chasse passeront les premiers, les paysans viendront après.

DICK.

C'est l'usage... Allons, allons nous placer pour juger les coups ;... moi, je me tiens toujours à une distance respectueuse :... un coup de maladroit est bientôt fait... L'autre jour, en tirant à l'oie, ils ont manqué de me tuer.

(Il fait quelques pas et revient à Tony.)

Je vous fais d'avance mon compliment, monsieur le forestier.

(A part, en sortant.)

Il faut me raccommoder avec lui, parce que, s'il a la place, il pourra me protéger quand j'irai le soir...

(Il sort.)

SCÈNE VIII.

RICHARD, ANNA, TONY.

(Tout le monde est parti. Tony abattu est resté sur le devant du théâtre; Richard l'observe; Anna, qui a d'abord suivi son père, revient.)

ANNA.

Tony ne vient pas! Quel peut donc être le motif de cet entretien avec Richard?

RICHARD, s'approchant de Tony.

A quoi es-tu résolu?

TONY.

Jamais je ne consentirai...

ANNA, à part.

Tony paraît inquiet.

TONY.

Mais renoncer à celle que j'adore!...

RICHARD.

Pauvre sot avec tes scrupules! A qui fais-tu du tort? à qui dérobes-tu son bien? Tu empêches la place de sortir de ta famille en usant du même moyen qui l'y a fait entrer. Car, n'en doute pas, ton aïeul connaissait nos balles.

TONY.

Tais-toi, misérable!... n'outrage pas les morts!...

RICHARD.

Prends garde! le tems passe.

ANNA, se montrant.

Eh bien! Tony, on t'attend; tout le monde est placé, et l'appel va commencer.

TONY.

O supplice affreux !

(On entend battre un ban dans la coulisse, et appeler : Tony! Tony!)

ANNA.

Entends-tu?

TONY.

O Ciel !

ANNA.

On t'appelle, c'est à toi de tirer.

TONY.

Oui, chère Anna... je vais... Richard !

RICHARD.

Tu ramperais en vain à mes pieds... Signe.

ANNA.

Qui peut te retenir ?

RICHARD.

La voilà, ta fiancée... elle est jolie.... si je veux... elle est à moi !

TONY.

Scélérat !

(On bat un second ban, on appelle : Richard! Richard!)

RICHARD.

Adieu ! tu vas recevoir le prix de ta lâcheté... Tu me pousses dans l'abîme, mais je puis encore y entraîner ton amante, et je n'y descendrai qu'en faisant ton malheur.

(I[illegible].)

SCÈNE IX.

TONY, ANNA.

TONY.

Il s'éloigne! Richard! Richard!

(On entend un coup de feu.)

Ah!

CHOEUR, dans la coulisse.

Victoire! victoire! victoire!
Chantons, célébrons sa gloire.
Il est du village;
Pour nous quel honneur!
Ce prix est le gage
D'un plus grand bonheur.
Honneur, honneur
Au bon tireur!

TONY.

C'est lui! il est vainqueur!

ANNA.

Qui a le prix...? Richard...?

TONY.

Anna, je te perds.

ANNA.

Non, cher Tony.... Je cours me jeter aux pieds de mon père..... Implorer sa bonté.

(Elle sort en courant.)

SCÈNE X.

TONY, seul.

Hélas! Richard va reclamer sa parole! mon malheur est certain.

(Il regarde au fond; on voit Richard qui entraîne Anna. Reynold et tout le monde le suit sur la montagne.)

Il est vainqueur, le voilà qui l'entraîne!

SCÈNE XI ET DERNIÈRE.

TOUT LE MONDE AU FOND, TONY, sur le devant, NANCY et DICK, s'avançant.

DICK.

Tiens, laissons-les, ça me fait trop de mal de voir ça.

TONY.

Non, je ne supporterai pas ma honte et son triomphe.

NANCY.

Qui l'aurait jamais dit, que ce vilain Richard deviendrait mon cousin?

TONY, apercevant le pistolet de Richard.

Il a laissé cette arme....! Son coup est certain.

DICK.

Le voilà ce pauvre Tony.

TONY.

Qu'elle mette fin à ma douleur, et punisse la faute dont ma faiblesse et mon amour m'ont rendu coupable.

NANCY, courant à lui.

Arrête, Tony...!

(Elle détourne le pistolet, le coup part et la balle va frapper Richard qui est au fond, et entraîne Anna. Cri général. Anna tombe évanouie; son père et Nancy l'apportent sur le banc au pied de la statue; les Gardes-Chasses déposent Richard sur le banc auprès du tronc d'arbre.)

FINALE.

CHOEUR.

Juste ciel!
D'un coup mortel
Il a frappé son amie!.....
Elle est sans vie.....
Hélas! elle est sans vie.
Destin cruel!

ANNA, reprenant ses sens.

Où suis-je?....
Quel prodige....
Me rend l'objet de mon amour?

CHOEUR.

O bonheur! Ah! quel heureux retour
Pour un si tendre père!

TONY.

L'objet de mon amour
Revient à la lumière.

CHOEUR.

Mais Richard est frappé; son sang rougit la terre.

RICHARD, convulsivement.

Le ciel protégeait vos amours...
J'appellerais en vain l'enfer à mon secours!

ANNA.

Livrons nos cœurs à l'espérance,
Le ciel protége l'innocence,
Je l'appelais à mon secours.

(Le tonnerre gronde : mouvement d'effroi. L'arbre, au pied duquel est assis Richard, s'entr'ouvre; Robin des Bois paraît et étend la main sur sa proie. Éclat de tonnerre. Le Chasseur noir et Richard disparaissent au milieu des flammes.)

CHOEUR.

Richard, ta victime
Échappe à tes traits;
Descends dans l'abîme,
Tu vas pour jamais
Trouver le prix de tes forfaits.

(Reynold presse Tony dans ses bras et l'unit à sa fille.)

CHOEUR GÉNÉRAL.

Fidèle chasseur
Ton bonheur se prépare;
Le ciel se déclare
En ta faveur.

FIN.

www.ingramcontent.com/pod-product-compliance
Ingram Content Group UK Ltd.
Pitfield, Milton Keynes, MK11 3LW, UK
UKHW021911290826
14628UKWH00020B/2056

9 782019 701727